VENTE DU 6 JUIN 1868

Après Décès de M. DITTMER

AGENT DE CHANGE HONORAIRE

TABLEAUX

DESSINS

MARBRES par Falconet

BRONZES

Mᵉ HAMOUY	M. DHIOS
COMMISSAIRE-PRISEUR	EXPERT

RENOU & MAULDE

Imprimeurs de la Compagnie des Commissaires-Priseurs,

RUE DE RIVOLI, 144

CATALOGUE

DE

TABLEAUX & DESSINS

ANCIENS & MODERNES

DE

DEUX STATUETTES EN MARBRE

Le Printemps et l'Automne

PAR

FALCONET

D'UN TRÈS-BEAU SERVICE EN PORCELAINE BARBOT

De Bronzes d'Art, Miniatures, Gravures, etc.

DONT LA VENTE AUX ENCHÈRES PUBLIQUES

APRÈS DÉCÈS DE M. DITTMER

AGENT DE CHANGE HONORAIRE

AURA LIEU

HOTEL DROUOT, SALLE N° 9

Le Samedi 6 Juin 1868,

A DEUX HEURES.

Par le ministère de Mᵉ **HAMOUY**, Commissaire-Priseur,
rue Bleue, 1,

Assisté de M. **DHIOS**, Expert, rue Le Peletier, 33,

EXPOSITION PUBLIQUE

Le VENDREDI 5 Juin 1868, de une heure à cinq heures.

PARIS — 1868

CONDITIONS DE LA VENTE

Elle sera faite au comptant.

Les Acquéreurs paieront CINQ POUR CENT en sus du prix d'adjudication.

OBJETS D'ART

Marbres, Bronzes et Porcelaines

1 — Deux Statuettes de jeunes femmes nues : allégories du Printemps et de l'Automne; sculptures en marbre blanc, par **Falconet**.

2 — Pendule et deux Candélabres de la fin du règne de Louis XVI. La Pendule, flanquée de deux statuettes en bronze, repose sur un socle en marbre blanc orné de frises, d'appliques, en bronze ciselé et doré. Les candélabres sont formés de statuettes en bronze supportant des lumières à trois branches; socles en marbre blanc.

3 — Amours se disputant un cœur et Amours jouant avec des fleurs; deux jolis groupes en bronze d'après **Houdon**, sur socles en marbre blanc.

4 — Jolie Figurine d'enfant agenouillé supportant une pendule, socle en marbre et bronze.

5 — Deux Figurines en bronze : Berger jouant du chalumeau et Faune tenant une corne, sur socles en marbre.

6 — Paire de Chenets, bronze et dorure, ornés de deux Sphynx égyptiens.

7 — Deux Flambeaux en bronze, forme antique.

8 — Deux Flambeaux en bronze ciselé et doré, fin Louis XVI.

9 — Ganymède : Figurine en bronze.

10 — Deux petits Bustes de femmes en bronze, d'après F. FLAMAND. Exemplaires uniques.

11 — Paon et Gazelle : deux petits bronzes par BARYE.

12 — Une Main ; fragment de bronze antique.

13 — Hercule ; figurine en bronze.

14 — La Famille de Louis-Philippe ; médaille en bronze.

15 — Service de table en porcelaine Barbot, composé de 227 pièces : assiettes et plats de différentes dimensions, soupières, corbeilles, compotiers, coquilles, pots à crème, guéridon, verrier, service à café, etc., etc.

16 — Petit Service à café en porcelaine Barbot, de décors variés.

17 — Deux Vases à col évasé en porcelaine de Chine, décorés de dragons sur fond bleuâtre.

18 — Deux Potiches en porcelaine décorées dans le goût japonais.

19 — Petite Bonbonnière en vernis Martin, ornée d'un médaillon représentant un groupe d'Amours.

20 — Album de Dessins chinois à l'aquarelle, sur papier de riz : Figures, Fleurs, Fruits, Paysages, Oiseaux, etc.

TABLEAUX

ANCIENS & MODERNES

MINIATURES

BENTABOLE (L.).

21 — Plage de Bretagne.

22 — Marine; bateaux de pêcheurs.

BÉRANGER (CHARLES), 1847.

23 — Paysage et animaux; effet du soir.

BERRÉ.

24 — Paysage et animaux. (Esquisse.)

BLANDIN, 1834.

25 — Paysage.

BOURGUIGNON.

26 — Deux Batailles.

CHARDIN (Genre de).

27 — La Convalescence.

HOGUET.

28 — Le Moulin à vent.

LEDOUX (Mlle).

29 — La Petite Fille au chien.

VAN LOO (École de).

30 — Portrait de jeune Femme.

MIGNARD.

31 — Portrait de Mme de Sévigné.

32 — Portrait de Mme de Grignan.

PALAMÈDES.

33 — Partie de musique.

PICOT (1829).

34 — Léda.

RAOUX (Attribué à).

35 — Portrait de Mlle Desmarres, actrice du Théâtre-Français, et nièce de la Champmêlé.

VALLIN (1793).

36 — Bacchantes et Satyres au milieu d'un paysage.

ZURBARAN.

37 — Saint Blaise, évêque.

Provient de la Vente Sebastiani.

ÉCOLE HOLLANDAISE.

38 — Nature morte.

ÉCOLE FRANÇAISE.

39 — Petit Portrait de Femme. (Ovale.)

ÉCOLE MODERNE.

40 — Deux Vues des environs de Naples.

ÉCOLE FRANÇAISE.

41 — Deux Petites Filles du temps de Louis XVI. (Miniature ronde.)

42 — Portrait de Marie-Antoinette. (Miniature ovale.)

43 — L'Heureuse Mère. (Miniature sur ivoire en grisaille.)

DESSINS

ANCIENS & MODERNES

BESSA (P.).

44 — Deux Aquarelles : Dahlias et Roses.

BOUCHER (F.), 1764.

45 — Tête de jeune Fille. (Dessin aux deux crayons.)

CHARLET.

46 — Soldat de la République. (Croquis à la plume.)

DECAMPS.

47 — Tête d'étude. (Croquis à la sanguine.)

48 — Tête de Juif d'Alger. (Crayon noir.)

EYSEN.

49 — Le Concert d'Amours. (Dessin colorié.)

GREUZE.

50 — Danse de Nymphes et Satyres. (Dessin à l'encre de Chine.

LAGRENÉE (D'après).

51 — La Mélancolie. (Pastel.)

MONNIER (Henri), 1827.

52 — Les Politiques de village. (Aquarelle.)

MONNIER (Henri), 1833.

53 — Préoccupation. (Plume et lavis.)

ROBERT FLEURY.

54 — Brigand calabrais. (Dessin à la sanguine.)

TONY JOHANNOT, 1849.

55 — Conversation sur la montagne. (Dessin au crayon noir.)

ÉCOLE MODERNE

56 — Nymphe entourée d'Amours. (Aquarelle.)

ÉCOLE MODERNE.

57 — Cavalier arabe. (Fusain rehaussé de blanc.)

ÉCOLE MODERNE.

58 — Paysage avec rivière. (Fusain.)

ÉCOLE FRANÇAISE.

59 — Un Buveur. (Pastel.)

ÉCOLE FRANÇAISE.

60 — Paysage à la gouache.

61 — Gravures et Lithographies encadrées, parmi lesquelles : Sainte Amélie, gravée par Mercury;

les Trois Grâces, gravées par Forster ; une série de
Gravures en couleur, représentant des courses et
des chasses, etc., etc. Seront divisées sous ce
numéro.

62 — Deux Cartons de Lithographies, Photographies
et Dessins.

RENOU et MAULDE, imprimeurs de la Compagnie des Commissaires-Priseurs,
rue de Rivoli, 144.   15186